사랑 짙게 밴 간절함

2021 장애인 창작집 발간지원 사업 선정 작품집

사랑 짙게 밴 간절함

1쇄 발행일 | 2021년 12월 31일

지은이 | 이시운
펴낸이 | 정화숙
펴낸곳 | 개미

출판등록 | 제313 - 2001 - 61호 1992. 2. 18
주소 | (04175) 서울시 마포구 마포대로 12, B-103호(마포동, 한신빌딩)
전화 | (02)704 - 2546
팩스 | (02)714 - 2365
E-mail | lily12140@hanmail.net

ⓒ 이시운, 2021
ISBN 979 - 11 - 90168 - 37 - 3 03810

값 10,000원

발행기관 | 장애인인식개선오늘 **(042)826-6042**
주최 | 장애인인식개선오늘(고유번호 305-80-25363. 대표 박재홍)
주관 | 대한민국 장애인 창작집필실
심사 | 발간지원 사업 심사위원회
후원 | 대전광역시, 대전문화재단, 갤러리예향좋은친구들, 문학마당, 한국장애인
　　　문화네트워크, 드림장애인인권센터, 대전광역시버스사업운송조합, (주)맥
　　　키스컴퍼니, (주)삼진정밀

문의 | (042)826-6042

사랑 짙게 밴 간절함

이시운 시집

개미

　나약한 인간의 삶 속에서는 종교적 체험을 증언하는 경우가 있습니다. 신체적 물질적 상황에 따른 자신의 부족함을 신이나 종교적 절대자의 존재적 가치를 주장하기도 합니다. 간증干證은 방패라는 뜻보다 '죄를 범하다' 혹은 '죄/범죄'에 뜻으로 쓰입니다. 기독교에서는 자신의 죄를 증언하는 자백과 고백에 이르는 개념입니다.

　이런 점에서 이시운 시인의 작업은 순진무구에 가깝다. 하나님이 관리자로서 명령어 라인에 익숙한 사용자를 대상으로 하는 '무엇'에 가깝다. 특히 본인의 장애를 기반으로 하는 내어놓은 삶은 더더욱 새로운 방향성의 목적이 이끄는 삶을 희구하고 있습니다.

　부디 이번 작품을 통해 세상에 내어놓을 간증 같은 시가 기존의 삶 속에 파워를 끼워 다시 부팅시켜 윈도우를 복구하는 놀라운 이적이 일어나기를 바랍니다. 떨지도 않고 신앙의 본원에 근접한 솔직한 일상에서의 신의 축복이 얼마나 아름다운지 느릿하게 소요유逍遙遊하기를 바랍니다. 회를 정화하는 중요한 기능 중 하나라고 봅니다.

　전문예술단체 〈장애인인식개선오늘〉의 대한민국 장애인창작집 선정 작품집 발간을 통한 매년의 이러한 노력은 공자가 말한 '시삼백詩三百을 일언이폐지一言以蔽之 사무사思無邪'라 라고 하였으니 시대정신 속에 질서와 예의를 갖추어져 있는 민관협치의 모범적 계기의 지속성을 마련하여 주신 대전광역시의회, 대전광역시, 재)대전문화재단의 지원에 깊은 감사를 드립니다.

2021년 12월
전문예술단체 〈장애인인식개선오늘〉
대표 박재홍

시작하는 마음으로 사랑을 전하고 싶은 열망이 만들어 낸 멜로디가 시라는 생각이 들었다. 받았던 만큼 내어놓은 뜨거운 사랑 같은 것인지도 모른다. 시작과 끝의 노래 같은 사랑이었다.

종교적 찬양 같은 절박함이 깃든 누군가를 향한 타산지석이 되는 나의 일상들이 쓰임 받기를 원하며 그리거나 쓰거나 영상을 제작하거나 목적이 이끄는 대로 살아온 나와는 달리 어머니는 교회, 양방병원, 한방병원, 절, 샤만에 이르기까지 딸을 위해서라면 지극함으로 달려갔다. 매번 무참하게 실망이 되어 쓰러졌지만 자식을 위한 무서운 집념은 신앙과도 같았다.

결국 돌아서 백일 금식과 기도로 하나님의 품으로 들어섰다. 기도는 어머니의 집념과 나의 불편함을 감사함으로 내어놓을 수 있었다. 이번 시집은 담담하게 순전한 마음을 내어놓은 짧은 묵상에 가깝다. 나의 부족함은 신의 온전함으로 이끄는 새로운 도전이라고 여기기 때문에 나는 오늘도 부트스트래핑 과정을 겪고 있다.

2021. 12.
이시운

사랑 짙게 밴 간절함

차례

1부

황무지

일상의 통증은 순간적이었다 몸부림치는 것은 다가오
는 순간의 자신에 대한 원망 같은 것 되돌이키는 나의 허
물은 나를 기도로 이끌었고 울부짖음과 원망은 나를 향
해 벼리는 긴장이 되었다 2020.01.17. 그렇게 시작된
요동이 잔잔해지고 외치는 입술에 감사함이 드러나기까
지 나는 그곳에 있었다

불순종과 순종의 사이

그가 허락하지 않는 안전하고 편안한 곳은 흔한 낙원
같았다 그 안에 똬릴 틀고 있는 신뢰 속에 명령어는 이미
거역해버린 이들의 삭제키 덫은 그곳으로부터 한 사람의
목격자에 이르기까지 삼위일체三位一體가 될 수 있을까
감당이 구원에 이르는 중에 고통의 소용돌이를 감내할
수 있는 순종적 모습은 얼마나 잔인한가

관계

신과의 교제는 세 번의 온전한 마음을 필요로 한다고 도란도란 말하고 있었다 더불어 질투와 시기는 고통과 아픔에 이르는 관행 같았지 그에 따른 일상이 굶주리고 있는 사자와 불구덩이를 향해 입을 여는 것처럼 보였다 날 거침없이 인도하는 순간 내가 먼지 같다는 생각이 들었다

장애는 시련이 아니다

견디지 못해 몸부림칠 때마다 내 곁을 떠나지 않는 것
이 있다 내 의지와 생각을 쥔 한숨 같은 일상과 맥없이
풀려 버린 잠들지 못하는 두 눈 위에 빗물이 흘러 넘치는
선율 같은 내일이 부리지 못하는 경험의 반추 '장애'

내려놓음

제발 심란한 역경에서 건져내는 이적을 베풀어 주세요
시간은 소리없이 스르륵 흘러 내 힘으로 자유로운 비행
을 할 수 있도록 정체성을 딛고 서게 해 주세요 그것은
주체적 해결임을 압니다 욕심의 열매는 금단의 열매처럼
달디 달아 이기심이 가득 차 있고 나의 교만함은 순종을
위해 스스로를 부려놓고 있었습니다

주여

물속에 있는 물고기가 물 밖으로 나왔을 때의 아가미
를 보는 것 같습니다 당신의 음성 밖에서도 내 안에 주인
은 당신이시니 모든 시간의 주인이 되어 인도하시고 고
삐를 바짝 잡은 말의 주인처럼 내 생각의 앞을 나아가 주
세요 강한 손등 위로 빛이 비치나니 당신이 나의 주인이
십니다

나의 길

    지나가는 삶의 터널처럼 익숙하게 어려운 일은 많지만 욕망의 눈으로 보이는 것들을 쫓다가 보면 사랑은 악의 구덩이를 향하게 됩니다 마음이 눈을 떠 길을 열고 섬기는 마음의 결이 비로소 섬김의 땅으로 인도하시니 선택의 길은 둘로 나뉘어 있었습니다

가나안

    어디를 가도 불안한 날의 나를 자유롭게 하는 것은 무서워 떨며 다니지 못할 때마다 현재 나의 방향성을 제시하는 것은 기도 중에 답이 있었습니다 결국 감사는 내 몫이었고 당신은 늘 구원의 몫이 될 터이니 입술이 공중에 길을 열 때 당신은 가나안을 향해 있습니다

아침

　나를 향한 연민의 눈은 죄인지도 모르는 나의 불온함
에 있었다 사무치는 고통과 죽음에 대한 두려움은 그가
갔었던 오래된 길 손과 발이 묶이듯이 장애를 가지고 내
스스로 삶에서 토해내는 일상의 곤고함이 무표정한 사람
들의 눈길이 못이 되고 제도가 망치가 되어 사정없이 치
고 박는 중에 그 뒷모습의 쓸쓸함이 고린도전서 1장 18
절 "십자가의 도가 멸망하는 자들에게는 미련한 것이요
구원을 받는 우리에게는 하나님의 능력이라" 되뇌이는
중에 흘리는 눈물이 손등에 묻어나는 계획된 아침이었다

기도

　위계의 거짓으로 물들어지는 세상을 당신의 음성으로 온전히 깨닫기까지 자본의 힘은 자신의 이익을 위한 무리들의 신령스러운 힘이 지배하였습니다 깨어 기도하기 힘든 세상에서 스스로를 온전하게 내어놓는 하루를 살기를 원합니다

초대

　일상이 너무 답답하고 오늘이 낙담과 서글픔으로 가득한 스스로를 목도하여도 참아온 울음으로 내어놓는 통곡의 기도는 말없이 눈물만 뚝뚝 떨어집니다 영접한 당신의 초대는 스스로를 향한 원망의 뒤안에 기뻐하는 지평선 그 어느 시점을 향해 서 있는 저를 만나는 일입니다

기록

관심을 가졌던 물건을 잃어 찾았다 다시 잃어버리는 날이 있습니다 허망한 하루를 찾아 사막을 횡단하는 날이지요 때로는 가까이 들리는 말과 이웃의 수런거림 속에서 흔들리는 갈대처럼 우는 스스로를 들여다보고 있는 애달픈 기록 같은 것입니다

2부

기도의 방법

    속에 있는 것들을 다 모아 솔직하게 내어놓는 것은 기도의 시작이다 위에서 아래로 내려오는 것이 아니라 가뭄에 천둥 뒤에 내려주는 소나기처럼 당신이 주는 명령형 어휘처럼 시원하게 내리는 것 같습니다

가라고 하시면

    가라고 하신 대로 가려면 불편하고 어려운 마음이 생겨 납니다 갸우뚱하며 망설이는 순간 발길이 무거워집니다 여름 매미처럼 한철 울다 갈지라도 당신이 원하면 칠성판이라도 올라서겠습니다

매미

　낮아진 마음이 쳐다보는 눈길에 맺힌 열망은 하늘이
주는 신기루 같은 곳이 있습니다 공중에 매달린 섬 같은
영적인 공간 첫 음성을 듣기 위해 온 힘을 다해 회개하며
매달리는 중에 여름이 지나갔습니다

미카엘의 힘

아세요 대화를 시작하던 날 당신은 침묵하였습니다 나의 미망은 악한 권력의 하수인 스스로 거짓을 드러내며 괴롭히는 중에 입술에서는 뱀들이 몸을 똬리를 틀며 드러었습니다 무리를 지어 선업을 행하는 중에 연대의 힘은 강해지리니 응답은 그 다음이었습니다

외쳐 부르죠

이렇게 있다고 이렇게 있다고 소리치는 감긴 눈 위로 흐르는 눈물을 외면하지 말라고 새벽이 같이 소리치고 있습니다 현실은 변화가 없이 척박하고 내가 매달릴 곳은 오직 당신, 움켜쥔 주먹이 한줌일지나 당신이 건네는 체온은 심장을 뎁히고 있습니다

내가 사랑하는 이 사내

한 사내 십자가로 스스로를 내어놓으며 대속과 희생을
하셨습니다 몰랐을까요 피하지 않고 견디는 것을 택한
한 사내 이제는 내 앞에서 내 짐을 지고 있는 이 사내 매
일 불평과 불만, 마음이 부화뇌동하여 내가 감당하지 못
하고 건넬 때마다 수용성 짙게 배인 웃음으로 받아들이
는 이 사내 지쳐 흔들릴 때마다 토닥이는 이 사내를 만나
러 새벽기도 갑니다

믿음의 가정

사랑이 닿지 않아도 웃음을 나누는 이웃이 있습니다 연대하여 극복하는 어려움이 가정이어야 한다고 믿는 이들이 있습니다 예배를 통하여 이야기꽃이 피는 오순절에 한곳에 모였더니 강한 바람이 되어 온 집을 훈훈하게 데우며 품고 있습니다

간절함

추스르는 마음 이편에는 관심이 필요하고, 저편에는
사랑이 필요합니다 그래도 마음에는 눈이 없어서 각기
다른 방향으로 떠돌다 사람이 궁지에 몰리게 되면 아아
몰리게 되면 무의미와 유의미 속에서 어찌할지 모르는
눈물을 쏟으며 매달리는 기도

아바 아버지

낮과 밤을 잠잠할 수 없어 이 순간을 당신을 향해 묻던
아바 아버지 마음을 알고 있었지만 다시 한번 묻던 아바
아버지 땅이 신음으로 참고 하늘이 소리로 울고 지금껏
내 머릿속에 가득한 당신의 '대속' '속죄'의 영광이 어떻
게 임재하는 것을 믿지 않을 수 있겠습니까

내가 꿈꾸는 권위

사랑은 마주 보지 않아도 돼 가정을 이루는 것은 보이지 않는 끈과 매듭에 의한 것 때마다 작은 옷감을 지어다가 나누었으니 그 놀라운 비밀은 존중에 의해 열매를 맺고는 하지 섬기는 자는 지도자의 길을 걷고 희생하는 자는 수많은 사람을 감싸는 지도자가 되리니 은혜는 축복으로 이어져 이웃들의 가정에 임하리니 내가 원하는 나라의 권위가 가정에 임할 것임을 새벽 기동에서 만났으니 하루가 충만하였네

연대

부모의 울타리를 떠나 새로운 목장을 만들었다 사랑은 지켜야 하고 은혜는 이웃에게 나누어 향기 나는 삶을 꿈꿀 것이니 나는 내 일상이 책임지는 배려와 사랑을 가꿀 것이어서 이러한 비밀이 너무도 커서 그리스도와 교회에 대하여 수천 년 전에 알려 주었다

실천하는 것은 곧 연대이니 그 비밀의 충만함을 귀 있는 자들은 다 듣기를 바랄 뿐

넘치는 사랑

네가 내 눈에 진실로 보배롭고 존귀합니다 나를 덮는 담요처럼 잘못된 믿음을 바로잡는 기도의 회초리처럼 진실로 너를 사랑하였기에 이웃들을 향한 온전한 마음이 우리를 살게 함을 믿는 오늘이 간절합니다

사랑의 비밀

나를 향한 한 사람의 얼굴에 신뢰와 인정과 격려로 하루를 살고 싶습니다 원하는 것보다 바라는 것에 힘을 실어주고 가르치기보다는 배워 주는 귀한 삶의 여로에 동행하고 싶습니다

3부

숨을 내쉬며 이르시되

무뢰한 태도를 보이지 않고 존경과 공경에 잇닿으면
자기 주장이 드러나지 않습니다 논리로 침묵하는 근엄함
이 가정의 평화를 이끌어 냅니다 내 삶의 길 감추지 않기
를 원할 때 내 삶의 이야기가 다시 쓰여지고 기다리며 침
묵으로 일구어내는 평안은 기도로 이룬 은혜이기 때문이
라는 것을 압니다

유산

　자녀의 거울은 부모 경험하지 못한 그 길 앞에서 발을 동동 구를 때가 두려움 기도 중에 응답은 나의 미래 '나를 위해 울지 말고 너희와 너희 자녀를 위하여 울라' 누가복음 23장 28절이 풍경소리처럼 들린다

창대하게

가까운 사람일수록 마음을 담은 축복을 전하여 주고
싶어요 언어는 그분이 말씀하신 기록으로 입에서 입으로
전하는 복된 믿음이 말씀을 삼가 듣고, 말씀을 청종하면
열리는 오늘이고 싶어요

이루리라

　사랑이 담긴 언어로 전해주는 것은 예언에 가까울 수
있어요 희망과 마음이 품어 빚어 건네는 사랑은 활기찬
세상을 펼쳐 놓아요 길이 열리면 우리는 불편한 몸의 손
을 내어 밀고 기도를 위해 맞닿은 영육이 누군가를 위해
통성으로 기도의 문을 엽니다

구원

　나는 스스로 주장하지 않아요 견디는 아픔에 소통하지
못한 가족 간의 화해를 꿈 꿔요 매 순간마다 발치 끝에
서린 말씀이 내 속에 주권을 이루시는 날 나는 또 다른
백성의 신분으로 그분을 향해 다가섭니다

회개

　나의 기도는 사람의 발현을 막습니다 스스로 높아지기
도 싫고 내 환상을 이루기 위해 노력하지도 않습니다 무
지한 마음에서 빚어진 허망한 내일에 잠시 흔들렸을 뿐
개가 얼굴을 돌렸던 그 짧은 시간이 새벽 예배 내내 몸부
림을 치며 간절하게 매달리고 있습니다

세상에 새로움을 던져라

양팔을 크게 벌려 흔들리는 세상이 아닌 나를 껴안습니다 물리적으로 설 수 없는 나의 신체적 결함이 지금 삶을 되돌아보게 하였습니다 성경의 말씀마다 창이 되어 저를 향합니다 나는 내 목전에서 요동치는 뜨거움에 감사함으로 위로받고 있습니다

내가 보잘것없으니
귀한 말씀이 나를 감싸네

나약한 일상을 고백합니다 내 초라함에 대한 보잘것없
는 고백이 단지 말씀에 의지할 뿐 행하는 기쁨의 충만함
이라도 얻는다면 바랄 게 없을 것 같은 하루를 살아 내고
있습니다

깨어 기도하기
— 그러므로 우리는 다른 이들과 같이 자지 말고 오직 깨어 정신을
차릴지라(데살로니가전서 5장 6절)

길은 마음에서 출발하여 사람들에게 닿아 있었다 그
길에 수반된 섬김은 보이지 않는 보혜사가 인도하였음을
믿고 옳은 길에 대한 혜안을 원하는 기도를 하였으니 나
는 잠들지 않기 위해 안간힘을 쓰는 부족함이 가득하였
다

그런 날은 갑천 인근을 휠체어를 타고 달린다

바라보다

내가 두어 발 내어 딛는 인생길을 놓고 보면 욕심으로
가득 차 있다 힘센 사람 앞에 주눅들고 돈 많은 사람에게
수줍어하고 겉모습과 속마음을 구분 못하는 중심이 흔들
리고 있었다 복잡함 속에 갇힌 이들은 초점 없이 흔들리
는 방향성을 알고 단순하게 의지할 수밖에 없는 곳을 향
한 발원은 맡겨진 쓰임의 도구가 될 수밖에 없다

내어놓은 삶은 건강하다

　혼란스럽고 놀라운 일은 어느 때쯤이나 끝나려나 하고
빈 허공을 향해 휠체어 위에서 휘젓는다 아이들이 말하
는 비둘기가 닭처럼 걷는다고 닭둘기라는데 닭둘기 두엇
지나친다 무표정한 표정에 아랑곳하지 않는 당당함이 하
루가 선명하다

안도감

 기도가 답은 아니다 해결되지 않은 스스로에 대한 물음은 소낙비처럼 잠깐 다녀갔다 그로 말미암아 욕먹고 박해받는 것은 복 짓는 것이라고 기록한 말씀은 잘 모르는 모르스 부호처럼 다가선다 불편한 몸을 웅크린 자세로 자책하며 새벽을 맞는다 통증이 점점 물고기처럼 없어져 간다 기도의 힘인가?

트라우마에 관하여

'시몬 베드로가 서서 불을 쬐더니 사람들이 묻되 너도
그 제자 중 하나가 아니냐 베드로가 부인하여 이르되 나
는 아니라 하니' 요한복음 18장 중 아마 25절이었을 거
야 신앙이 무너져버린 상황을 직면하게 된 것에 대한 치
유의 말씀이기도 하지 꼭 베드로만을 말하는 것은 아닐
거야 나도 위안이 되는 말씀이네

사랑하느냐

성급해서 탈이야 베드로 마음이 거울처럼 비추어지는
너의 힘 있게 말한 그 고백과 나약함은 사람들 속에서 너
무도 인간적인 인간적이어서 눈물이 나 자꾸만 너를 반
추하게 되고 나의 일상이 되묻게 돼 너는 진정 하나님을
사랑하느냐 라고 말이지

사랑이 너무 커서

내 삶의 뒤안을 보면 감사의 눈물이 고여있습니다 '그
의 신발끈을 풀기도 감당하지 못하겠노라' 라고 기록된
말씀은 풍금소리처럼 넌출거립니다 허락하신 삶의 일체
를 감당할 수 있게 함께하실 거지요?

4부

고개를 들어

고달픈 일상에 젖어 낙심과 아픔을 쌓아 놓지 말어 나오는 것은 한숨과 근심이겠지만 다들 출구가 하나라는 것은 다 알지 뭐 그가 회복하길 믿고 기다리다 보면 별래 무양하듯이 이미 버려진 고달픈 일상이 회복되고 있는거야

문을 닫을 거야

뜻하지 않는 순간 완전히 사라진 희망도 있어 하나님
앞에서도 철커덕 문을 닫을 수 있어 불편한 몸에 해결되
지 못한 생태환경 물질, 건강, 명예 등등 '들어가서는 문
을 닫으니 두 사람뿐이라 엘리사가 여호와께 기도하고'
열왕기하 4장쯤일 거야

간혹 나의 애통함이 애기 같을 때가 있었어

너에게 뭘 해주길 원하니

네 표정을 보면 가끔 중증장애인인 내가 묻게될 수 있
다는 생각이 들어 한순간 지친 일상과 나의 몸의 불편함
으로 인한 애통한 맘이 둘 곳이 없어 무릎을 꿇게 될 때
'너에게 뭘 해주길 원하니'라고 묻고 싶어

애통한 기도

　나의 슬픔으로 인한 한숨이 만들어내는 자리는 자식이 떠난 빈자리와도 같은 후벼 파는 괴로운 마음 같기도 하지 말문이 막힐 정도로 정곡을 찌르는 한숨 소리는 숨겼던 죄들이 쏟아져 애간장을 지그시 누르는 것과도 같아 가눌 수 없는 고통에 회개하며 흘리는 눈물이 흥건하여 이불 깃을 적실 때 묻고 싶어 마음을 다 내어 놓으셨나요?

내 눈물보다 더

침상을 적시는 요동치는 마음 아무도 모를거라고 생각
하니 그건 혼자만의 아픔이거나 고통은 아니야 더욱 후
벼 파는 중에 눈물로 스스로의 간구하는 소리가 들리지
그 눈길에 머문 이의 그분은 어떻겠어

돌아가자

형식적인 행동으로 욕망을 가득 품고 의무감으로 가득 찬 형식적인 신앙생활이 삶의 동굴 속에 가두고 있을 때 그 안에 동굴 속 메아리처럼 울리던 탄식은 누구의 아들일까 문제를 모르고 풀다가 직면하여 천천히 뒷걸음치는 나의 신앙심은 아닐까 했었지

문득 든 나의 본향에 대한 그리움이 말씀으로 목적이 이끄는 삶이 되기까지 어지간 했네 돌이켜 보니

쉬 없어지는 이슬 같은 믿음

충성과 현실 앞에서 있는 나는 아침 구름과 안개가 새
벽 미명에 빚어진 이슬처럼 부서지고 있었지 흔들릴수록
약해지는 진동은 제사장의 잔인한 역습 같았지 나는 믿
음의 길에서 어떤 얼굴로 그분을 뵐 수 있을까

사명감

　삶이 힘들고 고단하다며 베드로처럼 부정하던 사랑은
달콤한 세상의 것을 좋아하지 배역한 이스라엘처럼 간음
을 한 것 같아 반역한 자매 유다도 두려워하지 아니하고
자기도 가서 행음했음을 내가 보았노라고 예레미야에 들
려주었어 나는 무엇으로 어떻게 삶을 통하여 전달할지
많이 당혹스럽네

누군가의 힘이 필요해

당신을 사랑하는 데에는 누군가의 힘이 필요해 그 힘
으로 일이 해결되기까지는 욕망의 파종을 견뎌내야 하는
데 미련은 늘 아까운 것 같아 손에 웅크린 자본의 감촉은
사람들은 잊지를 못하지 명예는 더더욱 어떻게 잊겠어
당신을 사랑하는 데는 누군가의 힘이 필요해 그것이 내
속에 슬픔의 근원일지라도 불지를 수 있는 믿음이 필요
해

인내하는 자들은 복되다 하나니

어려운 시대 속 휘몰아치는 팬데믹의 파도 깨지고 부서진 현대의 마음과 육체 노마드 시대에 신의 사랑은 부정당하고 있다 사람과 사람의 관계 속에 배려와 나눔은 더더욱 없다 오늘날 욥이라면 어떻게 했을까?

긍휼이 여겨주세요

나는 이해되지 않는게 아버지가 자식을 긍휼이 여김
같이 여호와께서는 자기를 경외하는 자를 긍휼이 여긴다
고 했다는 거야 물질이 최고의 선이 되는 노마드 시대에
마음의 공간을 점점 채워나가는 것이 좁은문이야 중증장
애인인 나를 바라보던 사람들의 눈빛은 긍휼하지 않았지
출구 없는 문을 두드리는 삶이 불현듯 딱 반절왔네

기도해봅시다

　기도는 한발 두발 낭떨어지를 향해 가는 발걸음은 간
절함이다 믿는 것은 여호와는 의롭다 그러기에 얼굴 보
는 자체가 두려움의 소멸로 이끌고 있었다 여린 마음은
비 맞은 새처럼 떨고 있었다

감았던 눈을 떠보니 아직이네

사랑으로 시작해 진리로 약속한 언약은 얼마나 단단할까 눈물로 기다리는 부모의 음성은 욕망에 눈먼 자식의 눈을 틔우는 봄볕 같다 사랑을 저버리는 것은 공장에서 찍어낸 산업사회의 대량생산물 같아서 하나님도 복사해 파는 수준이니 진위의 변별력은 더욱 떨어질 수밖에 감았던 눈을 떠보니 아직 봄이 멀었네

실천의 힘

  말과 혀로 만든 것이 모래성인 것은 행함과 진실함으로 덧된 믿음의 견고함을 이기지 못하지 생태환경 속에 놓인 허기진 사람들은 삶과 부딪힐 때마다 긍휼함에 의지해 한 발짝씩 걷고는 했습니다

  하여 고통 속에서 몸부림이 만든 눈물은 투명했습니다

나의 시

나의 눈길은 메마르고 거친 길에 놓여 언제나 지쳐 괴로운 길을 선택하고 있었다 능력도 없고 힘도 없어서 아무도 찾아주지 않으니 아무것도 바랄 것 없는 한숨 같다 가끔 간절함이 이르러 떨기나무에 불꽃이 피어오르면 시심은 이적을 행하고는 한다

이해하지 못하는 세상의 잣대하고는 상관없이 서정성이 이끄는 대로 따라서 인도하는 명아주 지팡이 같다는 생각이 들었던 나의 시